夢遊幻境

我的隱形花園

陳威宏——著

無盡的夜裡，航行於細緻的水路

國立中央大學文學院院長　李瑞騰

十餘年前，威宏考進我所任教的中央大學中文系讀碩士班，勤奮而安靜，對現代新詩特有學習的熱情，畢業論文寫的是〈臺灣戰後出生第三代詩人（1965–1974）之都市書寫〉（二〇〇八），這多少和他也從事現代詩創作有關，而且和他的研究對象世代接近，寫作環境也是都市，從創作主體的角度來看，他等於是藉著一個世代詩人群的探索，徹底反省了自己。

威宏畢業後仍回到他原來任職的國小培育幼苗，我每隔一段時間總會接到他寄來的詩冊，迄今已近二十本了，這些詩之小冊，表面上看來編印皆簡，但可以看出他的用心，詩則流水潺湲，有一種自然的律動，如：

沿階梯而下

汩汩而流的山泉水
對岩石說它明白的話：
透明、精確且寒冷的哲學
便從木造引流道
流出森林，流進眾人的心脾

——〈羊蹄山麓名水公園寄明信片〉

我特別愛讀他的動感，「小河在星空裡流動，狼群在／不遠的山頭嚎叫。我們如時間／潺潺流動著，像無法抵抗／閱讀小說的最後章節」（〈火邊聚會〉），水和時間，孔子說了「逝者如斯，不舍晝夜」（《論語‧子罕》），孟子回到源頭上說「原泉混混」（《孟子‧離婁》），於是啊！小說家借詞人的句子「滾滾長江東逝水」（楊慎〈臨江仙〉）開展了《三國演義》，一下子便連結了歷史成敗興亡。這些，我們都有深刻的體會。

威宏加入了他之寫詩這一件事，他讓他人生的河面上漂流著詩，在無盡的夜裡，航行於細緻的水路：

時間把寒冷的小河
收藏起來，讓寂寞的
沙洲等待
下一刻的溫暖

……

筆畫是指引。我
不停在河面流詩，只為了
確認所有思念的跋涉
都是朝向
有你的位置

——〈河面流詩〉

威宏在大量的詩作中精挑細選了七十二首，結集成《夢遊幻境》（秀威，二〇一七年），大體來說，是年輕心靈和外在客觀世界的對話：他在閱讀中和名家名作對話、在旅行中和地景對話、在懷想中和自我以及所親所愛對話，以及在孤寂中和所在的空間、所懸念的情愛對象對話，詩人夢遊到一座如幻境般的隱形花園，在那裡，四季自有枯榮，自有悲喜，但如他所述：彷彿那些曾為他閃耀過的星群，再次回到了夜空，再一次點亮了黑暗。

祝賀威宏將正式出版一本詩集，但自編自印的詩之小冊*，盼能繼續。

二〇一六年十二月四日

編者按：作者陳威宏每年會以ZINE的形式進行詩文創作，並自行編輯排版、輸出。每年刊行一至兩冊不等，內容為現代詩及攝影作品，印量約三十份，以騎馬釘裝訂成冊，攤開為Ａ４大小開本。主要是分送親友，並未公開販售。

夢遊幻境的花花世界

廖育正

《夢遊幻境》雖是陳威宏出版的第一本作品，但並非初試啼聲，他先前已有了不少非正式結集，如《焦糖瑪奇朵》、《孤寂，酣睡的城市異境》、《情，我們都要》、《鵝黃色的搖擺羽毛》、《微塵的截角》、《2406英式搖滾夜》、《recover／夢嶼》、《兩個人的幸運》、《繁花夢嶼》、《翩翩，小動作》、《我躺在床上看雨》、《天晴了，最好》、《如果有一首詩，剛好適合呼吸》、《慶典時刻》、《在此之前，在那之後》、《祢的確有藍色火星》、《浪湧的夜，漫，我們回街道上》等至少十七本作品。從這些書名與標點的使用方式或可察覺到陳威宏對美文美辭美抒情的無比眷戀。

翻開《夢遊幻境》讀者彷彿進入了一個純愛的幻境，遍處可見花、飛翔、夢想、天空、愛戀……這些辭叢指向了本書的副標題「我的隱形花園」。陳威宏的「花」意味總是美好的想像，在連綿不絕的抒情與思念中，「花之美」似乎作為前提一開始就被確定下來，這意味著菜花、壁花、花惹發都不在他的關照中。或者說這座花園自始就拒絕栽植這些品種。當無數文藝經典從殘花敗柳之中挖掘異樣的思維深度時，陳威宏有意走向純情美的道路。

身為小學國語文教師的陳威宏向來熱愛流行歌，例如他的偶像王菲；熱愛清爽的圖文，例如他最愛的「凱西陳」；寫作時則熟於堆疊辭藻，以裝飾抒情的腔調。陳威宏的詩任挑幾句，都可寫在乾淨的書頁邊沿成為心情絮語。那裡面不乏良辰美景，不乏溫柔宛轉的喟嘆，句法工整又規矩，文氣連綿時而擁擠，不作驚人之語，不趕尖酸刻薄或故作聰明的流行，情調溫和又柔軟相當專一。他像是在用好看的語辭進行綺麗的想像，構築他心中的美好園地，這美化的過程有意避開許多醜惡，其實也是執意描摹著一己的理想，比如他說「詩人要構築美的存在，使讀者思考到一個理想的平行世界，那是詩的國度存在」，這種難免令人聯想到柏拉圖的想法當然很不柏拉圖，倒很陳威宏。

陳威宏經常以花比喻自己的創作，他訴諸繁茂的辭藻，構築了一座夢想花園，園裡蘊含一種若花美則多多益善的潛在動線，於此岸的八花九裂裡，謳歌著彼岸他理想而平行的花花世界。在資本邏輯所允諾的美及幸福中，陳威宏疊映著個人的情思與風景，在夢中妝點著愛。

二〇一七年一月十五日

花開的方向

時而湧起霧，時而有晨曦的迷藏。
小徑指向花開的方向。

一座微型花園沒有盡頭。
牆角開放，正有夢，生機無限歧長著。

是的，我仍掛記你。
如同落下的花，待適溫，擇日再開。

盛夏，來日你將覺察，
新啟的蕊芯，有我，收藏你的背影。

輯一　伏案假寐

輯二
蜜月擲夜來

輯三
繁花夢嶼

輯四
翩翩小動作

輯一
伏案假寐

The Road Trip

——讀廖偉棠《八尺雪意》

一

卸下黑帽、皮靴，卸下
心頭北國的積雪
砌成了堅實身軀。你不知道
未來傾斜詭譎無行
即成枯骨
也朝向盛夏執意前去

留低了消融的街道
建築拽住故人的手
一步步後退。你無法確知
它們成為美成為絕世不可觸摸
的過往，成為你
身邊堅硬易碎的鹽柱

重要但影像模糊不清的陌生人
此刻都守在對街，等著與你相望

二

世間人聲鼎沸
你卻極愛鬼的低喃
刺眼的沙、不曾死去的風裡
前行者在夜以詩
在日以紛雜的樹影
屢次暗示那途徑：只有
那書卷如森林透明潔淨
　文字清麗如溪流、如雀
如樂音才能滲透進老韌的皮膚
才能滋潤你十指脹皺的日常

三

層層黑雪在眼中堆起
掩裹青春的夢
不知此刻該是
一種無瑕絕佳的醃漬或
離別的輓歌？繭後
對年的你應成

一隻繽彩的大紫蛺蝶
以嶄亮的藍色衣袖
揮去浮濫的舊霾：
如一首
失傳燦美的情歌尾音
高跟鞋的金繡

欲收眾行人迷亂的眼
便朝天展翅而起

二〇一四年七月二十二日
《創世紀詩雜誌》第一八六期，第一一二頁。

探病

——讀普拉絲《精靈》

一只苦絕的靈魂
披風的蝙蝠面容愁鬱
像探病一樣輕而易舉
我們展頁召喚

在夜裡她回來
為我們再次激烈地衰頹
編就一道道的炙火在身上
點燃那黑暗
使黑暗更深更黑更亮

多少人去燃：
在地下道的最深處、在
門的後面或隱蔽的閣樓
嘆息中

只燃出灰黑色一隻隻
斷線的傀儡

然後，我們從洞穴裡回來
走回房間拉暖了被子
像一枚雪在泥上融化
等待成花，讓夢平靜
讓它悄悄地
爬上台階

二〇一四年七月二十五日
《創世紀詩雜誌》第一八六期，第三十二頁。

同方向的偏移，企圖觸及你

——讀廖偉棠《尋找倉央嘉措》

如大漠中失散的一夥，我們
無從辨別彼此：從何時開始為靈魂
換上陌生尷尬的衣著？走在
那卷起的古老地圖，伸出食指向前
走進未知結局的驚愕遊戲

隱蔽的歌幸見有你翩翩然唱起
還好是你不懈在黃昏裡提燈引路
噢！提著不合腳的鞋，我們時而前進
後退或左移兩三步，忖量著自身：
這一小塊陰影屬於誰，有誰可安放我們？

最佳行徑也許是同方向的偏移
企圖觸及你，或每顆流星皆有適合的墜落

為了抵抗死，為了黑暗時間
的黑暗，無意義的流逝才能凝塑
手中一把無常的劍——劃破無言的天
站在上風處，髮亂色衰的我們原地
不動聲色地信仰說愛，瀟灑僅限眉眼一瞥

星空暫且容得下我們，當你探望
一顆十億光年的寂寞
背後尚有難以記數的遮隱。往前
請再頌歌斜陽一抹：用微暖的光連繫
極冷的另一顆，最後再去連向我的
只能誤以情詩掩映真實，我願隨你
披沙染塵再次走入烽火完成艱鉅的任務

二〇一四年八月四日

《海星詩刊》第十六期，第一〇二頁。

河面流詩

時間把寒冷的小河
收藏起來，讓寂寞的
沙洲等待
下一刻的溫暖

只有我是夢的使者
在無盡的夜裡
撐篙，緩緩，堅定的行徑
撥流葉而來

演奏綺麗的樂曲
並升一把火，去解
冬季的沉默。傾訴
沿途
細緻的水路

筆劃是指引。我
不停在河面流詩，只為了
確認所有思念的跋涉
都是朝向
有你的位置

二〇〇八年五月二十四日
《創世紀詩雜誌》第一五七期，第一四一頁。

Hello, stranger
——讀楊佳嫻《金烏》

曝光過度的高架橋下
旅客皆已走盡春遊
左轉後，我們是僅存兩棵
仁愛路上的菩提
那樣假意站立各自的孤決

假設熏風為我再度吹起
使我執念心形的手
並非故意的與你觸碰
假設時光為你再次輕盈
為你帶走日常所有的粗鄙
僅留下一枚失慎的眼神

假設下一秒鐘
當時的天空晴朗如相機窗格

我們沒有企圖
裝進什麼或回絕什麼
同時看雲朵向前急駛
如靜賞一整排的華麗馬車
裝載珍寶張揚回憶而去

我看見日光
彷彿有一刻不確定的好意
將你的影子
稍稍微調了角度那樣
企圖交疊我的

二〇一四年八月十二日

《創世紀詩雜誌》第一八五期，第一一五頁。

我不企望成為你

——讀谷川俊太郎《春的臨終》

岸邊的野薑花
我不企望成為你
即使是四季，能有多少次
完美的巡迴演出？

當枝枒向最高處伸展
剝奪天空永恆的藍白色
介入他的空與無，遮掩
誰蕪雜的白日夢

當根柢向最低處蔓延
包圍泥壤安穩的黑土色
占據他的有與執，再幽幽唱起
誰斑斕的夜之歌

滾動的石：我看見自己的貪婪與貧乏
時間正真實流動
水如此冰冷
抓住我的腳踝再放開
彷彿那不再僅是一種暗示
向前，提醒我不再去看
岸邊的野薑花

二〇一四年十月十一日

《葡萄園詩刊》第二〇六期，第一〇七頁。

示愛曇花

月光是隱密的火柴
相隔一步的你
微微一哂，彷彿那目光
對我有冷的摩擦

此刻，讓我訴說
你尚未知曉的新訊：是生活
在你周遭終於長成了繁盛的花園
四季看似不動
卻時常給予方向，譬喻的語法

無盡的人生寓意：讓風吹過
時間的縫隙，於土壤或站或躺的姿態
你保持寂靜慵懶，即使有情詩完成
即使有懷疑長出它新的枝枒

擇日再見
我們要成為歲月
彼此一步步
難以估量的虧欠

二〇一六年九月三十日
《創世紀詩雜誌》第一八九期，第七十五頁。

療癒日：聽土耳其進行曲

偶爾我也會跳讀自己的詩
跨過柵欄，彷彿有字變換臉龐
踩不著堅實的地面

鮮豔知曉罌粟的道理
花開，名字卻不奢求一些別的
繞過誘惑一回，此刻，使自己坦然地幼稚

如果你像羊也去過黑暗
數著星數著躲藏的自己
不明說，總有些時候你只懂得呼吸

即使遺忘嶄新了你
即使憂傷燦爛了你
即使年歲繁複了你

二〇一六年五月二十八日
《衛生紙詩刊》第三十三期，第六十四頁。

深埋的歌，孤寂

深埋的歌，孤寂
百年後終不忍地傳唱開了

盜墓者攜不走
時光。臺階冷嘆息
失眠的人忍住竊竊私語

渡河的渴望
都躺回淺淺的憂傷

今夜無數的錯覺仍持續蟄伏著

二〇〇八年十一月二日

《幼獅文藝》第六六六期，第九十一頁。

降雪，冷，寫詩

前日臺北降雪
森嚴的世界詔告一次純淨的可能
你像冬季的手套，決定
再一次相信老
決定遮掩還稚嫩的嘴

日記哆嗦著哆嗦，你大步走出
昨日的衣桿就曬好明日的憂傷
預告了就連餘暉的冷
都像是一個街道該有的毛病

你上街，彎進附近小巷
走回母親仍辛勤炊煮的星期
沿途鍋鏟撞擊，是神的鼓譟

彷彿祂決定相信暖化的自己
已重返混沌的時間
決定再一次
冷，好寫關於季節的詩集

二〇一六年三月二十八日

《乾坤詩刊》第八十期，第七十頁。

哲學書籍

我們最終相信了
那是一個值得的選擇
圖書館窗外，遼闊的天際線
是童年：一處
　　永別的家園

排排坐好沒有說什麼
地震來時，我們能站在原處搖晃
再像一棵樺樹嗎？或者
像枝頭一片嫩綠的葉
　　繼續攀向更高處
　　　　繼續季節
被激情的喚醒之前
那是我們的無憂時光

無法辨認，也許一張張
　安穩的臉龐彼此
　手拉手，腳併著腳

我們被剪裁、被順服
然後穿上款式各異的衣裳
　各自喧嘩，各自輝煌
　各自荒唐

誰會知道，我們
曾經如此相仿？如今
你在那頭瘦些團聚《神聖家族》
我在這頭胖點進行《一個孤獨漫步者的遐想》

二〇一四年四月八日

《幼獅文藝》第七五八期，第四十三頁。

夜街散心憶聶魯達

語句接續，另一朵雲，一枚暈黃的月
此刻下雪的你該從我的眼中讀出廣闊了
市街上即使人語包圍，步聲浪濤奔放
隙縫間我們殘存：仍有氧，仍有我詩意滋長
噢！可能是聶魯達，即使遭遇人海茫茫
仍要在霧中揭醒。跟隨我，使睫毛成為風帆
拔尖向前，奔馳，破週一憂鬱的浪

二〇一六年六月十五日

《葡萄園詩刊》第二一二期，第五十五頁。

玫瑰色擬音

——讀鍾文音《最後的情人》

退居第二位，第三位……
你來，再次為繁眾沙塵擬音
你來，無悔身染玫瑰泥
咀嚼斑斕且憂鬱人生的片段
將一次次的刺傷錯聚成詩

夜空尚冷，躲藏在指尖的菸
使你從絕望的黑水裡燃起
堅實的文辭。湄公河潺潺的夢寐
一朵淋過夏雨的玫瑰乘載著
莒哈絲的告解，而你人在臺北
仍要迎接明日印度支那的陽光

一顆無盡的心，魅眼情愛淋漓
願成孿生子。此刻你來，與她攜手成功：

至少能撈回慾望的倒影婆娑萬千
繼續，向光陰偷取愛多層次漫佈的皺紋
繼續，向更無內的空隙挖掘女人的哲學

二〇一五年七月十日
《葡萄園詩刊》第二〇八期，第八十五頁。

夜裡讀詩

李雲顥〈作家〉：「一輩子只兜售一樣商品的職人／
他能體會，神的寂寞」

黑聚攏今夜的寂靜
詩集聚攏你
展夜讀詩：
心裡有巨大的工程
正持續挖掘
不停歇的喧鬧

燃燒吧！先人的遺骨
冷中取暖
也將自己的一起丟入

使體內有一部分的死
再次痛，甦醒
那些灰燼如火紋身
擁抱自己
從來不曾離去

輪迴，明日如下個世紀
你拯救了無償的黑夜
拯救了自己

二〇一五年十一月二日

《臺灣現代詩》第四十六期，第三十六頁。

再見，辛波絲卡

如風吹過柳樹的指尖
再見，那極為明白，一次次破碎
的再見。撩動我的靈魂
再一次輕巧

再見，辛波絲卡
即使時間冷漠，它沒有
允許我
為你的嘆息
流下日常的一滴淚

我仍可以為你
讀一首詩
平凡卻音韻鏗鏘
如同你有力的青春

我願與孤獨的字詞
攜手團聚
去追，去圍困微小的生活
試圖：再次
為自己倒一杯開水

安穩妥當的坐好
再次拿起筆
跟隨你，並真的
留下
　些什麼

二〇一四年四月二十七日
《台客詩刊》第六期，第一二四頁。

車行基隆路遇雨

——讀廖偉棠《衣錦夜行》

夫天地者，萬物之逆旅。光陰者，百代之過客。
——李白〈春夜宴桃李園序〉

此刻我們都是那些黑頭車
一輛輛如無盡的日子，默默
無接縫的延續彼此
　忍受詩人對窗呵氣
　對自己卸下大量的無言

那凝結的詩，朗讀時靈魂的姿態堅硬
文字它終將離開我們，走向世界
誰在其中晴朗
企圖完成火的鍛鍊？
　生命因而輕盈一些

前往自己紀念碑：讓不復存在的夢
再度紛然湧現
如市中心佇立沉思的雕像
　面對人群不曾離去，即使覆上雨
即使覆上滿城失意的塵灰

青春已沉，幸而寂寞仍清麗
當夜晚穿上我們的霓裳
鈕扣的孔流洩路燈斑斕的光芒
那又是潛意識
　被精準記憶的時刻……

二〇一四年三月二十三日
《海星詩刊》第十三期，第一〇五頁。

鏡中汲詩

當你在鏡裡望我，獨自以耳朵
寂靜汲水的姿態。一幅
冷的，自恃甚高的光景

一個深層的詩意，我是
如此難得的挖掘你
來個私心的眼神作擁抱

當你重回案堆，自書蠹群中甦醒
挺坐讀更多紅樓的故事，重現
一幅淚眼婆娑的夢
再寫一回戲謔的燈謎預言

昨夜呢喃的詞，我絕口不提
只推進一些窗外的微塵

私下探問：今年的春雨
可否再多得一些呢？

二〇一〇年四月十一日

《葡萄園詩刊》第二〇八期，第八十五頁。

輯二
蜜月擲夜來

愛情海

穿過深藍色海底
抵達我們渴求的
愛情海

當時我們能夠飛翔
以唇替代暗喻，一層層地
吻遍金碧輝煌的牆面
並保持距離
打算營造曖昧的情愫給
瞻仰真愛的人

直到夜晚時分
我們依舊進行哲學的對話
喃喃自語，不必三次的佐證
我已從你的口中聽聞

群聚的星子，恣意地
表揚愛情永恆
我們璀璨的文明

現在讓我們主動捧住
一本本古老質地的愛
燃起熱情，以銘刻的木
不再害怕地震，驅逐
浪潮擺動的詩篇

二〇〇六年三月二十四日

《秋水詩刊》第一三〇期，第九十六頁。

躲迷藏

冬夢霧白色
清晨城市未醒
曲折的小巷水泥路
有我們在熱戀躲迷藏
低調像路人散步

沿途小溝有水，有時間
有冷秋漂浮傷痛的落葉
盡頭是百貨櫥窗
寫上詩意蔓延的歌詞

鎮夜疲憊的模特兒
不解我們
註下愛情的暗號

二〇〇九年四月十二日

《秋水詩刊》第一四三期，第六十九頁。

《戀戀秋水：秋水40週年詩選》，第二三六頁。

冷城

揀拾夢境而下。冬雨的
城市像是未成熟的戀人
靦腆對窗，淺淺地重述依戀的身體

而那是一隻乾癟的手
撈起自渡口水溝。於無人的時刻
升起汽球。每當故事還沒說完
我們的標籤是一首首
抄在指間的疼痛

等待時刻，階上有風襲來。暫宿的旅人
不禁問：是白晝關去了街燈？
花園的佝僂長者，瞇眼，緩緩說

沿街遺忘的芬芳都是
可以治療的

二〇〇六年九月二十八日
《秋水詩刊》第一三四期，第七十四頁。

我們的夏天

當海水浴場被鎖住入口
夏天將會醒在一片恍惚的潮濕
慾望　被我掛在窗邊
完美地凝結

去年的激昂彷彿還沒開始
你的髮猶存指尖的青春甜膩
深夜裡花開的味道
沒有被夢帶走
就像浪織成的舞曲
隨著沉睡的情愛
四溢遠方

星群打在我寂寞的岸
逐漸憶起了戰爭的遠去是如此地美麗

啟程　負載淚水的翱翔
思念的炊煙冉冉
拾階而進　恐懼隔夜退去
勇氣恣意地成長
如我們走在當時許願的路上

二〇〇六年七月二十八日

《秋水詩刊》第一三三期，第八十八頁。

1845

在你的家鄉，我獨自
一人夢著遙遠
所有不可觸及的真實
等在夜哨之外

寂寞燈下，仍亮著
一枚枚孤寂的人影，冷煙
集聚。氤氳的思念和時間不成正比

此刻，我說最少的話
只為黑夜
拼湊一個你

二〇〇八年八月二十七日
《秋水詩刊》第一四三期，第六十九頁。
《戀戀秋水：秋水40週年詩選》，第二三六頁。

羊蹄山麓名水公園寄明信片

沿階梯而下
汩汩而流的山泉水
對岩石說它明白的話：
透明、精準且寒冷的哲學
便從木造引流道
流出森林，流進眾人的心脾

剛從保溫箱拿出的名水黑咖啡
恰好暖手，我便寫了想念：
暗重、曖昧且熱燙的明信片
便從紅色郵筒寄出
離開我，走進你的寂寞

二〇一二年七月二十一日遊，二〇一二年十月十一日記
《秋水詩刊》第一五八期，第七十七頁。

洞爺湖畔夜賞煙火

瞬間，繽紛的煙火
就落下來了。當時，無憂的我們
正重返人間，穿著浴衣沿湖邊走去

還未看盡洞爺湖的美
氤氳的溫泉前，我們勾住手保暖
一株青春的願

那朵朵迸發的
殊異薔薇，繪出月亮的輪廓
噢！那是一次次戀者的彩筆
無悔地對黑夜：
以唇、以瞳
以熱烈、以深切

誠摯奉獻出
一個璀璨巨響的愛

二〇一二年七月二十一日遊，二〇一二年十月九日記
《秋水詩刊》第一五八期，第七十七頁。

次日晨，再遊查理士橋

■

啊！謐靜流動的伏爾塔瓦
容我以真摯的凝望
向你悄然告解。散步中三十座雕像
次第排列好
一同聆聽我對妻的愛
牽著手
逐秒滋長

■

清晨時分，查理士橋上
那些小小的，複製的
美麗尚未出現
小販、遊客，因硬幣又開始

歡笑移動的街頭藝人，是不是
我們擁有的祕密且珍貴
的夢？醒後，不遠的晨露
就是昨晚那場
明明淋過頭
仍會微笑的雨，持續
飄回來
在窗上凝聚

二〇一〇年十月二十九日遊，二〇一一年五月十七日記

《秋水詩刊》第一五三期，第九十一頁。

《戀戀秋水：秋水40週年詩選》，第二三六頁。

往捷克名人墓園的途中，及後

■

唯一仍醒的是
紛黃的落葉，狂妄演奏世界
剩餘的秋季終於決定
將草地的詩意滿溢

時間輕薄短小，卻讓
沒說完的故事深刻
像不遠處流淌的莫爾道河
安歇了詩人的美

■

我們沒有遇見
慕夏，也沒有擁抱聶魯達

只有在雨後的聖彼得聖約翰教堂
找到一片如葉的寧靜

放下年歲的漣漪
我們在安睡裡
彷彿天使不再跌失所有
可能的夢

二〇一〇年十月三十日遊，二〇一一年七月二日記

《華文現代詩》第九期，第一一九頁。

維也納市立公園

翩翩，當鴿群緩降點地，一首
藍色多瑙河開始蔓延
市立公園就準備
跳動了它音符的翅膀

金碧輝煌的小約翰・史特勞斯
正為小提琴調音
更遠處有舒伯特與法蘭茲・雷哈爾
思考湖泊與綠林昨夜隱藏的旋律

啊！小男孩跑過
所有的音符頓時飛起
當他揚起日後指揮交響樂團的小手
音符，一次提高八度

早晨
便響亮了起來

二〇一〇年十一月六日遊，二〇一一年五月十三日記
《華文現代詩》第八期，第八十三頁。

午後，漫步北村八景

沿階梯向上
轉角的木門不敢推
坡道、石牆，巷弄皆寧靜
被午遊的我們
踏成一闋輕巧的古詞

記得誰的叮囑：不要按圖索驥
要隨心所至，驀然回首
那靜謐的良辰
便砌在黑瓦上
繫進磚牆裡

日光映此時，處處盡是
留戀處。唉！悠悠欄杆上的夢
更不可與人說

二〇一三年六月二十八日遊，二〇一三年八月十九日記
《野薑花詩刊》第十四期，第一六三頁。

如井深，如我們再次躺進古老的夜

請讓我介意，今夜
你燦美絕世的靈魂。是我
要為你展翅，再次墮入凡塵

花火似生命短暫（多看
幾回便好），一層層
都迎向了你左側為愛傾斜的肩
弧線動人勾出了
一雙無盡深邃的眼，如井深
如我們再次躺進古老的夜

我不再敘述新的傳說（多聽
幾回便好）：只因那裡
有一億萬顆的星
正搬演，一億萬種斑駁

嶄新的回憶
正無止無盡的分裂

二〇一一年八月二十四日
《海星詩刊》第十九期，第七十二頁。

帶我去遠方

帶我去遠方，那裡
沒有鄉愁，有能祈禱的哭牆
沒有瑣碎猙獰的生活，有安睡
死亡的溫暖
一道適合直視的陽光

帶我去遠方，那裡的街道
沒有閃躲的背影。兩側有綠
且愜意延伸的懸鈴木，在那樹下
喝上一杯林蔭咖啡
沒有創作不了的惆悵

帶我去遠方，那裡有你
沒有美好童年的遺忘

沒有不確定
是否已痊癒的傷

二〇一一年七月三日
《華文現代詩》第七期，第八十六頁。

京都散策：祇園

偶訪楓紅未果，但花見小路
有瞥然的藝伎唇色
或雪白的頸，映在禪味庭院
孤零零的殘葉枝頭

茶屋前，木牌一個個名字：
美代乃、小扇、有智子……
也有神妙的一瞬，蔭蔽著
幽雅節奏。冷而悠揚，復古的琴聲
次第傳出窗外。從月光的呢喃開始：
朦朧的暗香，是為誰推敲了
下一首俳句？

二〇一〇年十一月十二日遊，二〇一二年四月六日記

《海星詩刊》第七期，第八十六頁。

晨遊三十三間堂

一千零一尊觀音
姿態各異，氣象萬千
每日諦聽眾生的苦

莊嚴祝禱一分鐘：讓我們消業增慧
讓死者從棺木的無知離開，讓活者
從床褥的傷痕醒來。讓有夢的生活
擴展到沒有夢的天空

二〇一〇年十一月十二日遊，二〇一二年四月七日記
《葡萄園詩刊》第二一〇期，第八十五頁。

輯三
繁花夢嶼

植物園中賞花靜思

那正是祢最得意的祭司
親愛的阿多尼斯：暗啞而忠實
在靜中姿態各異，自擅所長

將祢隱匿的符誌，生命的伏流
日以繼夜的紀錄完整
以數億光年以外的祕息
寫成一生永恆的信仰

祢開放這一座無字的圖書館
朝向我：天機肆恣開張，只有
深呼吸的人能窺得

我取不走任何一本書
企圖在秋日學習銀蓮花

隱藏自己，可能在白日裡作夢
在夜裡以詩摀住自己的胸口
脆弱即剛強
死亡亦重生
佇立永沒有疲倦

即使我不善於飛翔
孤獨地等待，每日的陽光
此刻還能向上

二〇一五年十月十八日

《葡萄園詩刊》第二〇九期，第七十三頁。

火邊聚會

最後的夜晚，我們
把極冷的世界隔絕在外
石頭燒得熾熱，雙手
溫暖著，午後的寂寞都融化
夢的所有重量
已紛紛陷落在河流了

小河在星空裡流動，狼群在
不遠的山頭嚎叫。我們如時間
潺潺流動著，像無法抵抗
閱讀小說的最後章節

雖然我們走過的路
已被月光湮沒
但我們以黑暗作為掩護

在靜默中無聲歌唱。今晚
我們盡可能將聚會延長
延伸至失眠邊境的橋
讓尋夢的人們
從河的另一端溯來

二〇一〇年三月二十七日

《創世紀詩雜誌》第一六四期，第二三〇頁。

每次我這樣多看

祢的光總是比月亮更加了
　一點什麼：比雨更鑽石赤裸
比愛更眼睛暖和，那樣埋葬我的腐朽
為時間的皮膚敷裹上新藥

企圖在黑夜的角落安居落根
企圖於祢的眼瞳裡伸手：安靜
向天空取回一點什麼，或者單純地
寧靜輝煌。宣告：重返文學人間
死亡，讓祢遮掩我的影子

不眠誰開窗，冷看星星
彷彿我將明白那要求究竟是什麼

二〇一五年七月二十九日

《吹鼓吹詩論壇二十四號：私神》，第二十九頁。

是否？確信了我有果敢的學問

我敲擊自身數載而不斷
鐘響，等待，無人出聲應和

蒼茫大霧中，僅有歲月的謙遜
拱手為我隆隆地回音：夜的信仰
以月暈散開群聚的烏鴉
塵煙冉冉，亂中有序，我起飛

那飛，沉默的歌詩，最深刻
的一次前進，因此成為了
時光的告誡
不同行列的發言

以眼凝視直到核心爆裂
航道萬里無雲，如玻如璃如薄鏡

光華映世更無內的自己
晨光初乍，孤傲的平衡湧現
是否？確信了我有果敢的學問

二〇一五年六月二十三日

《吹鼓吹詩論壇二十四號：私神》，第一一三頁。

母親的話：凝思歷史博物館

◆

讓這些鍋碗瓢盆破碎
好好地，被土壤埋葬
用時間堵它的嘴。那是母親
的哲學，鍾愛我們的教養

她無私餵養壯大孩子們
再欣慰地看我們
在夕陽下奔跑，終其一生
不曾離去守護著這條跑道

◆

我無法回答：
為何喜愛這座廢墟？拉著一條
色彩都退盡，幻想的、腐朽的絲線

我如何確認：此刻這絲線
是原本該抓住的那條，或者其他？

◆

母親對我說：「孩子，紙就這麼大張
　　你不可能留下不屬於你的生活。」

◆

即使不是輝煌的城市
我有筆，就該用字跡踏過巷道
下筆濃些或淡點，跳躍或舞過
都好：那是我的血液

◆

我憶起母親的叮嚀：
「不要透過玻璃窗看世界
走近我，真實，你才會看到一切。」

二〇一五年十月二十一日

《葡萄園詩刊》第二一一期，第一二五頁。

夜訪老樟樹：國立臺灣博物館南門園區

煙塵不是百年前的煙塵
雲也不是千年前的雲
隱身在小白宮後的老樟樹
是風雨曾經撒落的夢
　一棵飄搖的嫩樹苗

樹承繼樂府的傳統
以永恆的守望
收集星空的氣味
　光年以外的難解訊息

滂沱的夜裡，拆卸黑暗中的光
詩意的葉影更濕、更細碎
采詩夜誦，以沉默之聲鑄造
成為壯大豐富的自己

不急著回家的你
聽樹訴說儲藏數世的曲折
你企圖學習樹葉
以風摩擦出文字
將裡頭的一枚願望擦亮
彷彿有日擲地有聲
向遙遠的誰真摯地招出了手

二〇一五年十二月三日

《華文現代詩》第十一期，第一一三頁。

除了窗或霾害

誰的星座容易染塵過敏
夜間還讀起了浮濫的情愛故事
太清醒？是我，揮動執迷
那支大旗，入戲。朝你的方向

蒼茫的夜也是你衣袖
剛褪蛹的新蟲，雨露仍留
沒想到歲月竟認真清掃落葉
路給別人走，那已是嶄新
的石階道不宜久留

盡頭為藍：靛青色的樹上果
已非我熟悉的夢
直到那一年你回來

攜帶了彷若無事的十二月
除了窗或霾害什麼也不肯說

二〇一七年一月二十日
《海星詩刊》第二十四期

空氣中彷彿有間歇的逗號

鐵灰色門裡一把漠然的火
燃著，是你的孤冷
清晰去照背後山路的崎嶇

沉靜虛掩著未完的白日夢
烏雲正烏，群鳥已飛離暫棲的枝頭
可能你忖度著一雙軍用鞋
舊照片、水壺或者
一支已經停了好久的金屬錶

誰把窗簾吹動？時光如綠色小盆栽
竟從旁探頭窺伺進來，此刻
我和你都還未知其好意

蝴蝶斂翅，似你：
鄰居門前的老者
永遠在守歲那樣地等著
臉上光陰的詩，未竟的
哲學理念誰要去實踐？

空氣中彷彿有間歇的逗號
那正是雨還沒滴落前的
下午四點

二〇一四年九月十四日

《吹鼓吹詩論壇第二十八號：告解迴聲》，
第一六二頁。

過了千年，誰在夜裡仍道月冷？

竟有詞冷的藝術：
壯闊的肩膀覆蓋我的塵
而向晚意不適。因愛太庸俗
疏淡的我的確仍有愧
的確有藍色火星當空
都為誰憂鬱了

二〇一五年一月二十一日
《海星詩刊》第二十期，第一一三頁。

影子

去讀光的微冷
我習慣躲你的背
寫午後陽光的輪廓

我消失　夢魘不再成群
懷抱寂寞
你就不會孤單

我顯影　彩虹下擁抱歡愉
默契成雙
你就獲得了滋長

日落之前
我以誠摯的舞

在每個角度
展演你的萬千姿態

影子的哲學
是悄然演出的協奏曲
是緊緊跟隨的呼吸
是全然的奉獻
是你無悔的

愛

二〇一〇年六月二十日

《大海洋詩刊》第八十五期，第一一九頁。

鳥籠：無限時代

這是你的時代：不要忍不住
揉眼睛，不要輕易去聞紫羅蘭
如果聽見一個夜晚，思索一座森林
那繁複的故事仍交錯，你仍坐著
夜鶯擁抱著夢，乾涸的水流滿世界
如今卡利俄珀還未甦醒

你在籠中去看玫瑰色的宮殿
世界：結構句法嚴謹，龐大而不可逼視
你的確醒，醒在文明的傲慢又自在
科技的金屬絲條曲線冷靜區分那些野蠻
你可以原地神遊，劃出無限的天空
不再需要展翅飛翔

無限的時代：每個人都在世界練習發聲
你說，你也說，還有你也要說
關於音節之間的空白，是否
有人曾仔細聽過？

二〇一五年九月十六日

《笠詩刊》第三一四期，第七十四頁。

這裡你值得讀下
旅客探問的叩門聲

它是我祕密的五車竹簡
一條窄仄的路，無人點燈玄機暗藏著
你可用滿天的星光做慈眼
看顧它平穩祕密的睡眠

窗台，春天可能記載了馬齒牡丹的舞步
盆栽，埋進夏灘的悸動一顆旅者茁壯的心
紅信箱，偶有落葉與房地產文案醒來喚你
是不是穿戴好傷感的秋，寄出千萬封
　寫詩的寂寞
一隻威爾斯貓，沒有留下蹤影只在窗台上
　用爪雪擬好十四行

咫尺光陰即是永恆的天涯
再多待一會兒，這裡你值得讀下

旅客探問的叩門聲
你不知道，即使你曾錯過
落葉紛紛落下看似無序
其實萬物皆有歸途

不要走出小巷，那大街太燦亮
已據滿早歇的靈魂，要你
一一細數自己身上的暗影
激寫成無關動盪的敘事

二〇一五年五月二十七日

《海星詩刊》第十八期，第六十九頁。

烏來桶後溪賞鳥：佛法僧

尋找你，在百轉千迴的俗世
關於佛的蹤跡，那全然是我們的誤解
即使深知皈依應無罣礙
仍舊要越過市街進入拉卡路
眷戀美，此刻，又使我回轉人世

偶見你，望遠鏡中我也一同過境
像雲一朵自在。天空裡展翅飛翔
而誰無非暫留的過客？
如果名字、聲音不屬於你
我又該如何以沉默喚你？喔！

三寶鳥，穿著暗藍色袈裟的你
甚至不茹素仍使我欣羨
使我卸下城市的喧囂追隨至此

階梯般的桶後溪緩步而下
進入無語之林，彰顯了偶現的人聲
已不見你隨風又攀得更高
不學文、不習禮，是否已棄罣礙？
涅槃之城可得彼此的位置

二〇一六年七月二日

《創世紀詩雜誌》第一八八期，第四十四頁。

半幅山水圖：上卷

即使我有翅羽不被融化
堅朗如明日的太陽
如何飛翔光陰的雲朵
如何存在曠遠的山野？

我該是勇士，張狂的鷹
曾經長鋒多姿
在白宣紙上飛行了半張歲月
如今短鋒凝重
卻只能拱墨映硯
　以一個小書僮之姿
　閱祢留白的空隙

未能擺脫蒼狗之窘
故落地為狼，暫且

我在隱側的穴中
吞吐吸納
一個最漫長的黑夜

二〇一五年六月二十三日

《野薑花詩刊》第十五期，第一五三頁。

離開十月

離開十月，再快一點
因為花已寄出最後一封信。

離開影子，再慢一點
捏緊自己，並成為石頭的署名。

草寫字體：彎折連筆劃
沒說出口的話，季節是植栽空白。

乾涸，為一切的靈感負責。

二〇一六年十月二十九日
《人間福報》副刊二〇一六年十二月十三日

隱匿的慰藉：華燈初上

逃亡的第五季又二十九天
街燈亮起了目光如炙
皆是你，獨立虛構的句子間隔在旁
彷彿你苦心妥置的齟齬
枉然我探路的舉動

鵝黃色的逗號、刪節號及空白
我聆聽，我撿拾。在商店街的盡頭
我收回再製鋪成一段懺情的語錄
填上句號。夜幕揭前排練最好的朗誦
以音韻重整沙礫的排列

再開啟夢的儀式，咒字如金石
當我敲擊確認：廣場的新磚終於完好
能回應你的抵達那是我誠懇而堅硬的質感

我願成為溫暖。不打擾，在旁與風攜手
——冬季的一則箴言，鈴鈴作響

二〇一六年十二月十七日

《吹鼓吹詩論壇二十八號：告解迴聲——懺情詩專輯》，第八十二頁。

兵馬俑擬言

【理性版】

我假裝是你在博物館裡永久，而我在
外頭自由、腐朽、流動
我假裝你已成為歷史，我擁有
對你人生詮解善惡的利齒
我假裝買下你微型的弟兄，裝點客廳
擴增些秦始皇的豪華霸氣
我的手機以QR CODE將你儲存讀仔細
買明信片走出博物館向下一個景點邁進

【感性版】

作為一抔土，我不確定是否被徵求同意
可否凝聚、破散，擁有不見太陽的自由
或成為永恆的藝術？當我拒絕輪迴

成為你孔武有力的眉、氣宇軒昂的地底帝國
證明你不復存在的輝煌。而非作為
一面哭倒的磚牆、傾頹的沙土
極適合掩埋戰死者的殤，那是我的命運：
註定守候著自己的瘸腿及怒顏在博物館中
一再觀看千千萬萬未能臣服你的子民

二〇一五年三月三十日

《吹鼓吹詩論壇二十一號：詩人的理性與感性》，第一一三頁。

時間的確慈善慷慨

再次，那無聲繁複的歌
跌墜火花的音符灼燒在肩上
我知道時間的奉獻，是屋頂
不存在的雪花再次落下
為我著想：

時間的確慈善慷慨
自開始給了我全部
覆蓋阻止我紛紛魯莽的哀傷
炊煙瀰漫，他允許我
修改了尺寸和式樣
時間，終成為我祕密
一件件體貼禦寒的冬衣

有時，我願他更自私一些
但時間說：「絕不能苟且。」

二〇一四年十二月十九日
《海星詩刊》第二十二期，第九十三頁。

聽雨

——獻給我的護理師母親

母親說：「你仔細聽，那是初滴入海的雨
陌生的潮汐聲響；飢餓，熄滅睡眠的礁石
敲醒了母親們未完的夢境。」

明亮的育嬰室：我的母親佇立海岸
長年曝曬，她成為破曉的大地，披覆苔蘚的島嶼
年輕的雨滴都蜷著手腳，透明，不確定等待著
等待母親的包容以山勢、以風的呢喃柔觸身軀
蒸散自己降落的重量而變得輕盈

即使沉默，我的母親最能瞭解
那富饒興味的、意義未穩固的語言
即使狀似相同的季節或雲朵
雨仍是有不同情緒的

喧鬧的育嬰室：我的母親在微變的光影裡
觀察雨。她冷靜而富有愛，沿實記錄一場場
間歇的雷震或荒洪；穿過蓊蘢濃密的密林
無數如常的流動裡她仍精準為我們辨認
劃破天際的是昨晚的琉璃，而非今晨初顯的黃金

我對孩子說：「你仔細聽，那是廣闊的大地
熟悉風與水流的循環；阿嬤給予我堅毅
贈與你夢，在愛中，延續下一首新生的聖曲。」

二〇一六年七月八日

第五屆海峽兩岸漂母杯文學獎成人組佳作

那不是木棉，即使……

那不是木棉，即使未來柔白似雪
那是火燃燒紅了的天空
寄給曾經孩童的我們
一封封，情感炙熱的信

那不是回信，即使種子裡訊息萬千
那是風牽起了我們
因讀書工作而失散的手足
一次次，編織過敏回家的路線

「路要走寬廣，心要隨時溫暖
英雄：就是抬頭把太陽放在手掌中」
母親不知何時彎腰拾起了木棉
給了我們一人一朵

離開林初埤的多年後
我張開手，溫熱的郵戳仍印在裡頭

二〇一六年三月二十二日

《創世紀詩雜誌》第一八七期，第五十四頁。

輯四
翩翩小動作

凌晨二時站衛兵

漏水的夜
步伐緩慢，我苦思
無出路的詞彙
謬思未臨，鬼魅
亦酣睡
不願相見

二〇〇八年八月二十六日

《笠詩刊》第二六九期，第八十五頁。

回去

回去，回去到——
生機勃然、野蠻的
時間裡

大地不可言說，萬物無名
黑暗並不令人恐懼
我們尚且年幼，還沒
學會害怕

聲音在渾沌之中平和、安穩
像剛入睡柔軟的嬰兒
沒有東西會遺失
只有四季伸出它的手
再收回，像玩不厭推倒又
重新疊起的積木

噢！多麼令人珍惜的時光
雲彩，沒有對誰模仿
雨，也透明純淨
沒有哀傷

二〇〇八年十一月九日

《幼獅文藝》第六六六期，第九〇頁。

停電了

停電了，我們仍堅守崗位，在地球上演奏夜晚的雨林。烏雲漸漸接近，像死亡，像遠去的時間，大提琴作為襯底。當樹葉隨黑暗落下，一切就清晰了，除了歲月的低鳴，還有所有捨不得捨棄的東西。停電的雨冷得像燒盡的未能寄出的信，溫暖不了一隻手指。我們困惑的是時間已不在手錶、鬧鐘，也沒有掛在詭異笑容的月亮上，它散逸得比空氣稀薄。要不是你的心跳，我的心跳，我們的擁抱，這一切就無從知悉。我們需要時間，正如你需要我，我需要你。

二〇〇八年十一月九日

《風球詩雜誌》第三期，第四十八頁。

我們就在花園裡

當時我們就在花園裡面，像是要領取午餐的乖巧囚犯，我們排成一列整齊的花朵，準備迎接死亡之前的飽餐。

你說如果有來世，你想當玫瑰花並且帶刺。嗯，這樣對心臟很好，對手卻是不太客氣。我願意當一株荊棘，就不會再感覺到孤寂。

你有看過孤獨的荊棘？是的，有孤獨的荊棘，已經戴到耶穌頭上去。聽說他用了五餅二魚，把整座山的人都餵飽。而我們是否還來得及？我們飢餓無比。（吃飽了去睡，現在又來排隊？春天也是，夏天也是，我們只是其中的一員。）

二〇〇七年五月十九日

《掌門詩學》第四十七期，第九十頁。

禁錮的星期四，方窗外

禁錮的星期四，方窗外
有煙冉冉。是否一艘寂寞的小船
在搖槳？時間沿我走過的路
洩載。將夢搖盡

夜深了。我仍，吸一口寒冷
收拾自己，殘留的身影如同
思念母親的聲音，再次向大自然
致敬。讓我能
背對遠方
回到繁星降落的家鄉

二〇〇八年六月五日

《創世紀詩雜誌》第一五六期，第九十四頁。

火

蟄伏的靜
我圍困坐著
於夢裡，好久
好久已無人煙了

持續多日的落塵
是時間的腳步
微微的，曖昧不明的聲響
猜想，是否有你
來自另一個朦朧的國度
能再喚我——
如剛開啟的留聲機
流洩深深的

寂寞。升一把火吧，風說
讓我們無悔的乾杯
剩下來的
只是一些需要安撫的
夜了

二〇〇八年二月二十三日
《創世紀詩雜誌》第一五六期，第九十五頁。

動物園少年

颱風散去。早晨的人潮
流亡到假日的動物園
綠葉落地，撲倒的人海
擱淺在少年的歌裡

他重溫監禁與歡樂。沿途欣賞
大象如浮游，用鼻子捲進瑣碎的小病
猴子是馬桶廁紙，擦去收不回的話
獅子持續酣睡，漫步在未做完的夢原
長頸鹿排列好回堵線路，駐守失望的童年
人潮是災後的螞蟻，於園內
迷惘失矩，積極找尋來世的扮相

他販賣氣球，冰淇淋甜筒亦有
宣告著：尚存的都是美的

選擇了就是對的
讓所有的頹喪從此告別

二〇〇八年十月四日
《乾坤詩刊》第四十九期，第六十頁。

夜莊

從未會面的同學會
每晚開始於南京東路和另一條街口
擦身而過的菸香　是從未更改的相認記號

解碼出夜的邏輯和
舞場　跳與不跳的存有論述
隔壁友人揮汗喊叫著像是
愛情動詞的即將完成式

接著前往誰或誰的場域
媚惑普羅大眾
而我總以小心翼翼的姿態
在角落找到一個
陡斜的樓梯和失衡的人生

所謂的經典時尚
要依賴龍舌蘭才能迷離
雄性或雌性認同
當然是哲學家伊比鳩魯的暗夜低語
但我不會說的
你會知道　我的心放在哪裡

二〇〇四年十月十九日

第二十二屆師院文藝創作獎新詩組貳獎

我的左撇子

寫詩時
隱約
隱約地
左手的復辟
正匍匐前進著
想要搶過右手的筆
有一天
向上舉起
狂暴地吶喊
自由就在這裡！

二〇〇七年六月二十二日

《笠詩刊》第二六六期，第一三二頁。

偽君子

我仍不懂得柔軟地撫摸這個世界。直到有一天，你把紫色玫瑰和書都拿了進來，說：「再曬下去也不是辦法，時間總是潮濕的。」我沒有反駁你，只默默寫了一首詩。

二〇〇七年四月一日

《掌門詩學》第四七期．第九十頁。

一盞燈的意義

當黑夜翻閱我紙上的海景
轉瞬的星光便從眼裡滿溢出
一支支的時針　點燃寧靜的光
一條通往偉大靈魂的密道
逐漸地向前蔓延　一盞燈的意義
一盞用以整理記憶的森林
堆積在電與光的起點
迸發　每隻書蠹對閱讀的渴望
如同夢境的岸每晚等待旅人
用誠摯的浪
漫以感謝

二〇〇六年五月二十二日
二〇〇六年臺電網路文學獎新詩組佳作

紫檀花

蝴蝶
張開南洋的翅膀
以花開的節拍
振翅飛翔
金黃色的夢一路跟隨
緩緩，翩然至此

尋找風與季節的路線
給予靈感，以它最新的綻放姿態
溫暖春天的小手
從街道到整座微笑的城市

走在花香的日子
我們都是欣喜的詩人
懂得以幸福呢喃

明白眼神是最善意的書寫
足跡，便是一首首銘刻的詩

二〇〇七年三月三十日
《遇見了紫檀花和一棵樹》，第六十四頁。

夢的候機室

青春被留在夢的候機室，只有痛愛哀老的靈魂才能上機。剩餘的微塵已被打包、收拾殆盡，誰都無法調好孤獨的時差。有一些無法割捨的傷痕顯示過重（每個人只能攜帶兩百五十公克，淚水必須現在飲用）。藏在鞋底打算偷渡回鄉的記憶，在飛行期間不良發酵，無法逃過日光的檢測。

二〇一〇年六月十四日

《海星詩刊》第二十二期，第九十三頁。

守夜

睡了的妳
能不能理解我關不住的思念
如感冒失禁的秋意瀰漫
大地滿溢不捨的褐黃

算命的鐵口風聲愁水四起
直斷一朵朵鮮豔的玫瑰似血
「雖說是　報喜不抱憂
　可是啊……」
切好的莖部不偏不倚地
扎在心頭　等待
合流我們的驚恐兌現

噓……
盒子還剩下一些
可以承載粉紅色的夢

妳如何停止我在夜裡滑雪
在大雨滂沱沒有月亮出沒
的時刻　打出一通
帶有咖啡香的電話
流著眼淚　對妳的愛飲鴆止渴

我竟也只能在屬於自身的絲裡
繼續作繭自縛

那明天的陽光可能沒有
妳的微笑　猶記妳的皺紋
是我難過或快樂的印刻
而這一夜沒有時限
我拒絕收取
一張張戰果未捷的書信

妳真的要睡了，收好玫瑰
而我即將趕赴沒有妳的世界
待在大後方的我
跳著舞苟延殘喘
然後才發現天地四方原是
永不停歇的戰場

二〇〇五年二月十七日

臺北市立師院第十九屆學燈文學獎新詩組佳作

寂寞的旅者

行李箱帶著冬季走過來，你說
那就離開冰雪的宿命。我的浪遊者地圖
沿街開展，清晰地像一把精準的鎖

風的語言是隱喻的世界。屋瓦上的
音樂落下來像落雪，凍人且美麗

當你的寂寞順勢地乾涸，天空總是
未眠的。貓兒舔舐窗外的星子
空氣像是魚餌，或者尚未啟程的愛戀
這一把土，我破爛的日記
都被你積垢的鞋踏遍了

此刻我們沒有嘆息，衰老的姿態
一天之內死去並成長許多

我們醉了的歲月，那以鬍髭招呼的日子
多麼遙遠。現在都進入夢境的筆直的街
街燈不懂得言語，只是亮著一個個的窗口
分割我們臉上殘留的青春

最後的葉都決定要走了
只有我的鬍渣多麼害怕風的來臨

要是這一刻甦醒了，乘海的薔薇刺
還會登陸嗎？我們握住手中的門
就像握住四季，歷史便不會下沉
打開掌心，卻惶恐時間
想要抹去花季的痕跡

二〇〇六年七月九日

《笠詩刊》第二六六期，第一三〇頁。

我們的相遇多麼不可預期

如今世界是不斷縮小，預言
多麼猖獗了！請你躺下來聆聽
我的悲傷。那是唯一
可相信的隱隱然的暗夜
行走的夢囈，易碎的
易燃的——誓言。當時
灰色禁咒正蔓延，森林凝固，人們
肩負毀滅自己的任務
我扮演忠誠的將領
你，而你，即將逃亡的公主
確認遠行的路線，重疊著
語言與純真，將地圖畫了又畫
不管降臨的會是戰爭或者末日
因此，此刻請你暫緩
躺下來聆聽

我的悲傷。是不是，你說
我們的相遇多麼不可預期

二〇〇九年一月二十九日

《掌門詩學》第五十六期，第八十二頁。

二十四歲

印出而且丟掉的紙張難以計數如同在深夜裡我們看著一一
倒下的樹和我曾有的堅持生命繞了兩圈皺紋馬齒徒長著遺
忘當初是怎麼開始把日曆上的數字劃掉迎接無盡的秋天也
是我剃了滿滿幾大簍的鬍髭和我永遠都無法留住的棕髮就
拋給愛過以後無緣說話摸到頭的孩子

二〇〇七年三月二十三日

《笠詩刊》第二六六期，第一三一頁。

晚一點之後

一盞微弱的燈
誠摯向歷史請安，標誌
這個時代最黑暗的黑暗

夜之子民，我，不再是
一顆靜謐的鐘

當雨尚未集結
單行的路人漫街如烏雲
卻撐起了止痛的傘

啊，那麼一座座
移動的孤島正在形成靠攏了
散落的塵灰正在凝字敘篇了

見月，那裡有昏黃色的共鳴
就在晚一點之後

二〇〇八年一月二十日

《台客詩刊》第六期，第一〇五頁。

旅人行走

她想用一種方式模糊焦點
但　規律如同季節轉換的黃葉
該揚起或落下的
紅　也許是拒絕不了的信物
旅人敲醒命定停駐的門牌
接著嗜睡一輩子嗎？
不是的　背起行囊的輕與重
在黑白交替的時刻
就該跨步
向前並非可以獲得什麼
只是不能夠任性地
停下
當旅店閃耀奪目的字樣
眩惑你我的眼與心
觸動了泉流　滴著

流出一條早該解凍的冰河
不過　雪后尚未揚起她的袖
你又怎知　吻的力量可以破除什麼？

二〇〇三年九月二十五日
二〇〇三年市北師「秋詩篇篇楓葉情」徵詩活動第一名

前往遠方的路上

從何時開始，我們的頭髮，像魚反覆乾濕著雨。這漫長寂寞的流域啊！眾人無知行走，月亮不再圓缺，我們洗滌夜晚的醉意。不可記數的飛機穿越，千年以來龐大的百感交集。

這一路，你編織好祕密的曲線；遠方搖搖晃晃，只有我看見微量的契機。沿途打造出路的迷宮工人，持續敲打時間的磚，便不再問歸期。

剩下的，我們停泊，駐立一些雙腳的痠疼，像花開到大地淹沒。你會記得軼聞的色彩，謠言開始前的婆娑：藍色，尚未和解的憂鬱；紅色，持續想念的五月；白色，寧靜的回憶不遺落，就像我們的家鄉握在手中，從未離開過。

二〇〇九年一月十二日

《從容文學》第八期，第二十四頁。

後記

——矯噪揉音

《夢遊幻境：我的隱形花園》像是一座擬塑的人造法式花園，而非自然恣意生長的英式庭院。那是一個黃昏之後、華燈初上的時刻，我們披上薄外套可以走近散步的小小區域。

成為一座花園之前，花朵們各自誕生於不同的時辰及場景。這些以ZINE形式印行的詩集小冊，少量製作份數大多分送親友，更多的朋友可能只有在FB上見聞詩冊名稱及目錄。最初非以出版為目標的作品，毫無遮掩呈現心情的詩冊，或許意義偏狹，但我卻私自認為那裡充斥著更為迷人的、草莽的生命力。即使《夢遊幻境》無法完全展現全貌，但它是誠摯的邀請，作為一次熱情的招呼，或許能產生某些嶄新的、不可預期的連結。

感謝涂靜怡大姐，前些年我在《秋水詩刊》投稿發表，因而有了與大姐書信往返的情誼。前輩常以娟秀典麗的字跡勉勵我創作，也跟我分享她的生活點滴。如今網路發達，我們繼續在臉書「秋水詩苑」支持彼此。

感謝李瑞騰老師，在我對創作感覺擔憂無以為繼之時，豁達說：「就投稿吧，不用管那麼多。」於是我卸下情緒去實踐了。老師日理萬機，卻仍能保持清明的思考，提醒了我回到當下，無論工作或是寫詩。

感謝許琇禎老師，老師曾有不少下課時間，都被我營養不良的文學提問給佔去。她上課精準言語犀利，對於創作質感不一的我，卻總是展現無比包容。我們在研究室裡談過很多，那是我人生裡不可複製的絕佳風景。

感謝廖育正。身為高中同班同學，又皆是附中青年社的一份子，看似若即若離的我們，沒有想到多年後都在做同樣一件事：寫詩。畢業多年後，我開心地在誠品買下他的詩集《13》暢讀。這次出版詩集我勞煩他許多，內心有說不盡的感謝。

感謝爸媽及毓絢，溫暖的家給予我無限支持。

接下來，我想完成的事情還很多，再多讀詩，或到宋詞、元曲的懷抱裡。可能是認真進行研究，寫現代詩評論文章。挑戰更好的自己：不知道自己能夠做到多好，但我認為持續去做是重要的。願創作者靈感無限，願讀者總能獲得寶貴時光以靜心閱讀。

二〇一七年二月七日

語言文學類　PG1779　秀詩人06

夢遊幻境：
我的隱形花園

作　　者／陳威宏
責任編輯／盧羿珊
圖文排版／周好靜
封面設計／蔡瑋筠

發 行 人／宋政坤
法律顧問／毛國樑　律師
出版發行／秀威資訊科技股份有限公司
114台北市內湖區瑞光路76巷65號1樓
電話：+886-2-2796-3638　傳真：+886-2-2796-1377
http://www.showwe.com.tw
劃撥帳號／19563868　戶名：秀威資訊科技股份有限公司
讀者服務信箱：service@showwe.com.tw
展售門市／國家書店（松江門市）
104台北市中山區松江路209號1樓
電話：+886-2-2518-0207　傳真：+886-2-2518-0778
網路訂購／秀威網路書店：http://www.bodbooks.com.tw
國家網路書店：http://www.govbooks.com.tw

2017年6月　BOD一版
定價：220元

國家圖書館出版品預行編目

夢遊幻境：我的隱形花園 / 陳威宏著. -- 一版.
-- 臺北市：秀威資訊科技, 2017.06
面； 公分. -- (秀詩人；6)
BOD版
ISBN 978-986-326-422-4(平裝)

851.486 106005044

讀者回函卡

感謝您購買本書，為提升服務品質，請填妥以下資料，將讀者回函卡直接寄回或傳真本公司，收到您的寶貴意見後，我們會收藏記錄及檢討，謝謝！

如您需要了解本公司最新出版書目、購書優惠或企劃活動，歡迎您上網查詢或下載相關資料：http:// www.showwe.com.tw

您購買的書名：______________________________

出生日期：________年________月________日

學歷：□高中（含）以下　□大專　□研究所（含）以上

職業：□製造業　□金融業　□資訊業　□軍警　□傳播業　□自由業

□服務業　□公務員　□教職　□學生　□家管　□其它_____

購書地點：□網路書店　□實體書店　□書展　□郵購　□贈閱　□其他

您從何得知本書的消息？

□網路書店　□實體書店　□網路搜尋　□電子報　□書訊　□雜誌

□傳播媒體　□親友推薦　□網站推薦　□部落格　□其他__________

您對本書的評價：（請填代號　1.非常滿意　2.滿意　3.尚可　4.再改進）

封面設計____　版面編排____　內容____　文／譯筆____　價格____

讀完書後您覺得：

□很有收穫　□有收穫　□收穫不多　□沒收穫

對我們的建議：______________________________

____

____

____

請貼
郵票

11466
台北市內湖區瑞光路 76 巷 65 號 1 樓

秀威資訊科技股份有限公司 收

BOD 數位出版事業部

（請沿線對折寄回，謝謝！）

姓　　名：＿＿＿＿＿＿＿＿　年齡：＿＿＿＿　性別：□女　□男

郵遞區號：□□□□□

地　　址：＿＿＿＿＿＿＿＿＿＿＿＿＿＿＿＿＿＿＿＿

聯絡電話：(日) ＿＿＿＿＿＿＿＿＿＿ (夜) ＿＿＿＿＿＿＿＿＿＿

E-mail：＿＿＿＿＿＿＿＿＿＿＿＿＿＿＿＿＿＿＿＿